KB110395

질 나쁜 연애

질 나쁜 연애

문혜진 시집

민음의 시 118

민음사

이 달콤한 환각에서 깨어나지 않게 반항의 기운을 다 소진해 버릴 때까지 집에 돌아가지 않을 거예요

문혜진

차례

혀

맨손으로 뱀의 아가리를 젖히고 눈을 노려보며 키스해 보지 않은 사람은 바나나 잎처럼 부드러운 그 혀에 대해 알지 못한다 비가 그치고 난 숲, 혀가 날름거릴 때마다 환부처럼 피부가 부풀고 온몸에 비늘이 선다 바로 그 순간, 뱀은 동굴 속 습기 찬 바닥에서 기어 나와 혀를 말린다 어둡고 축축한 뱃가죽을 지하에서 지상으로 끌어올려 갈라진 혀가 두 세상을 오간다 당신은 어머니, 목 졸린 연인, 잉태한 누이동생, 밀초 같은 천사, 말 없는 말, 피의 증거, 달팽이 속살같이 부드러운 뱀의 찢어진 혀가 뾰족한 독니 속에 감춰져 있다는 것을 사람들은 모른다 그렇다 모른다 목을 죄던 혀, 몸을 감던 혀, 침을 질질 흘리며 능멸하던 혀, 울분을 삼키며 짓씹히던 혀, 곧 입을 닫고 혀를 삼켜버릴 것이다 태양을 삼킨 정오의 비명처럼!

공작

　내 뒤에서 요요한 빛을 내뿜던 그의 치렁치렁한 깃털을 지금도 나는 잊을 수가 없다 그는 공작새였다 그렇다 그는 공작새 나는 소풍 온 소녀, 내가 공원에서 토끼 모양 풍선을 들고 원숭이에게 과자를 던져주고 있을 때, 내 뒤로 쏟아지던 휘황한 푸른 빛, 그가 나를 불렀다 내 생의 첫 애인, 쨍쨍한 오후 한낮 달콤하게 흐르는 젖은 꿀 같은!

　그에게 다가가 가슴속에서 콩들이 마구 튄다고 하자 그는 우아한 푸른 깃털로 내 가슴을 쓸어주었다 나는 답례로 왼쪽 젖가슴을 살짝 보여주었다 그가 나의 왼쪽 가슴에 입맞추자 왼쪽 가슴이 뭉텅 떨어져 나갔다 그러자 그는 피 묻은 부리를 조아리며 세상에서 가장 오랜 눈물을 흘렸다 괜찮아요 이쯤은 아무렇지도 않아요 당신은 너무 아름답고, 나는 단지 몸이 조금 차가워질 뿐이에요

　가슴을 감싸 쥐고 주저앉자, 갑자기 검은 그림자를 드리우며 목덜미로 파고드는 날카로운 발톱, 내 두 눈을 순식간에 쪼아먹고는 피를 뿜는 양 어깨를 발톱으로 움켜잡고 공작은 푸드득 날아오르기 시작했다 나는 너를 잡으러 온 비밀 공작 요원이다 나는 두 눈을 잃고 엉엉 울었다

핏물이 뚝뚝 떨어졌다 내 피를 맞고 나무가 붉게 물들었을까? 오줌 누는 강아지가, 꽃에 앉은 꿀벌이 붉게 물들었을까? 조금 더 올라가자 푹신하고 몽실몽실한 것이 만져졌다 구름의 위일까? 오월 하늘의 애드벌룬일까? 나는 드디어 이 세상 사람이 아닌 걸까? 웩! 멀미가 난다 나는 어디로 가는 걸까 이젠 끝난 걸까!

  지하철 3호선, 강을 건넌다 강 건너가 아득하다
  바람이 분다 바람이 아 시원한 바람 치렁치렁한 푸른 부채를 타고 오는 느리고 달콤한 꿈

푸른 완두콩의 오후

—K에게

난 너를 기다리고 있었어
너를 기다리고 있지
그러다가 자꾸 담배를 피우고 싶어
술도 마셨어
시계를 보는데 자꾸 술을 마시게 되는 거야
뭘 할까?
뭘 하면서 널 기다려야 될까
너 따윈 아무것도 아니야
아니야 그래도 시장에 갔다 오면
모든 시간들이 녹아 없어지고 말 거야
완두콩을 사고 푸른 콩깍지를 벗겨내 보면
어떤 차가운 바람이 날 감싸줘서 너 같은 건 잊어버릴
지도 몰라
고양이가 말을 하게 되고
나에게 커피를 가져다주고
그동안 정말, 꾸준히 지켜보고 있었어요, 라고
말을 건넬지도 몰라
세상에서 가장 슬픈 노래를 들어도
그 눈빛을 떠올리지 않아도 될지 몰라
그 눈동자가 눈물을 흘리는 끔찍한 광경을

더 이상 상상하지 않아도 돼
더 이상 떠올리지 않아도 돼
내 팔로 나를 안을 수 있을지도 몰라
그렇게 내 팔이 길어지면
나는 나를 두 번 세 번 네 번 둘둘 감아 안을 거야
나처럼…… 추운 사람이 있어?

물개

사내들은 커다란 물개 한 마리를 목련 아래 턱 내려놓
았다 놈을 옮기느라 장정 몇 명이 끙끙대도 안 돼서 비닐
을 놓고 끌고 왔네 아버지는 무슨 의식처럼 물개의 털가
죽을 천천히 닦아냈다 이번이 마지막일세 사내들은 물개
자지를 소주에 적셔 마셨다 아버지는 묵묵히 거품 문 물
개의 혀를 잘라냈다 한때 산호초 사이를 누비던 눈이 파
헤쳐지고 두개골엔 굵은 철심이 박힐 것이다 가죽에서 쓱
쓱 도려내진 붉은 살덩어리 물살을 헤치던 지느러미와 균
형을 잡아주던 꼬리에도 철근이 관통하면 그뿐, 물개는
며칠 후면 플라스틱 눈을 박고 거대한 조형물로 다시 태
어날 것이다 나는 멀리서 관목 숲 같은 아버지와 사내의
다리를 바라본다 측백나무 가지 사이로 분주히 움직이던
아버지의 손길도 멎고 사내들도 모두 돌아간 새벽, 나는
비닐을 걷어내고 살금살금 물개 가죽 속으로 기어들었다
처음 맡아본 바다 냄새, 육중한 고깃덩어리와 어둠의 경
계가 없어질 때까지, 바람이 거세져 나를 날려버릴 때까
지 나는 이 마당을 거쳐간 수많은 박제들을 생각한다 말
라비틀어진 호랑나비와 물잠자리의 수염, 들리지 않는 알
바트로스의 날갯짓과 바다코끼리의 포효, 내 생의 첫 물
개, 신비로움을 영원히 간직하고 싶다는 듯, 모든 걸 다

보여주지는 않겠다는 듯, 스믈스믈 그 큰 몸집을 끌며 내
게로 올 것 같은

여름비

여름 빗속을 뚫고 맨발로 왔다
빗물을 뚝뚝 떨구며
도마뱀의 잘린 꼬리를 감고
독을 품은 두꺼비처럼
죽은 자와 산 자의 세계를 넘어
할례 날의 소년처럼
피 흘리며
피를 삼키며

백 년 만이다
그를 다시 만난 건
세상의 온갖 풍문 속에서만
그를 만나왔다
그리고 오늘,
백 년 만에 비가 내렸다
그 사이 내 귀는 구멍만 깊어져
바람이 들고난 자리가 우묵했다

창백한 젖은 이마
빗물이 흐른다

나는 긴 혀로 빗물을 핥는다
그러자
그의 희고 긴 손마디에서 푸른 이파리가 돋아났다
젖은 몸은 금세 오랜 숲처럼 울창해졌다

우리는 빗속을 뚫고
턱이 높은 말에 나란히 걸터앉아
서울을 떠났다
빗속에서 스매싱 펌킨스*를 들으며
탄력 있는 암말의 엉덩이를 걷어차며
어둠 속으로 말발굽 소리 또각이며
뒤돌아보지 않으며

* 미국의 4인조 밴드로 약물 중독으로 멤버가 죽고 지금은 해체되었다.

이팝나무 아래서

기르던 개가 죽은 강아지를 낳았어요. 탯줄을 먹던 개가 눈물을 흘렸다면 믿겠어요? 이팝나무 하얀 꽃이 뚝뚝 떨어지던 저녁, 기르던 새가 터진 알을 낳았어요. 그 알을 프라이해 먹던 새가 어미 새라면 믿겠어요? 믿으세요. 믿어요. 볼썽사납게 잘려진 가로수 여린 잎의 터진 혈관 속으로 바람이 불어요. 술 취한 엄마가 손가락이 갓 생긴 뱃속의 나를 데리고 어두운 산 밑으로 걸어가요. 산사태를 기다리던 그날처럼 천둥이 치고 이팝나무 꽃잎이 비처럼 떨어지는 저녁이면 엄마의 바람 든 뼛속으로 술 취한 내가 비틀거리며 걸어가요. 바람이 불어요. 내 커다란 귀고리가 덜렁이고 이제 슬슬 졸음이 와요. 사랑하는 엄마. 이렇게 나는 푸른 편지지에 피를 떨구며 편지를 써요. 이렇게 난 심장을 더듬어 핏줄을 풀고 증발하려는 혈관 속의 피를 말려가며 당신께 편지를 씁니다. 아프다구요? 아프세요. 사랑하는 엄마. 그래도 죽지 말고 아프기만 하세요.

시금치 편지

나는 올리브 당신은 뽀빠이 우리는 언제나 언밸런스, 당신은 시금치를 좋아하고 나는 먹지 않는 시금치를 요리하죠 그래서 당신께 시금치 편지를 씁니다 내가 보낸 편지엔 시금치가 들어 있어요 내가 보낸 시금치엔 불 냄새도 없고 그냥 시금치랄 밖에는 아무런 단서도 없지요 끓는 물에서 금방 건져낸 부추도 아니고 흙을 툭툭 털어낸 파도 아니고 돌로 쪼아낸 봉숭아 이파리도 아니고 숭숭 썰어서 겉절인 배춧잎도 아니에요 이것은 자명한 시금치 편지일 뿐이지요 당신은 이 편지를 받고 시금치 스파게티를 먹으며 좋아라 면발 쫙쫙 당기겠지만 나는 동네 공터에서 개똥을 밟아가며 당신을 위해 시금치 씨를 뿌리고 있답니다 시금치가 자라면 댕강댕강 목을 베어버리겠어요! 그때…… 다시 쓰지요.

질 나쁜 연애

이 여름 낡은 책들과 연애하느니
불량한 남자와 바다로 놀러 가겠어
잠자리 선글라스를 끼고
낡은 오토바이의
바퀴를 갈아 끼우고
제니스 조플린*의 머리카락 같은
구름의 일요일을 베고
그의 검고 단단한 등에
얼굴을 묻을 거야

어린 시절 왜 엄마는 나에게
바람도 안 통하는
긴 플레어스커트만 입혔을까?
난 다리가 못생긴 것도 아닌데

회오리바람 속으로
비틀거리며 오토바이를 몰아 가는
불량한 남자가 좋아
머리 아픈 책을
지루한 음악을 알아야 한다고

지껄이지도 않지
오토바이를 태워줘
바다가 펄럭이는
바람 부는 길로
태풍이 이곳을 버리기 전에
검은 구름을 몰고
나와 함께 이곳을 떠나지 않겠어?

* 27살에 요절한 여성 록가수. 그녀는 날것의 음성으로 노래하는 최초
  의 여성 록커였다.

휴양지에서의 여름

정글에서 가져온 그물 침대, 휴양지가 없었더라면 여름
은 미니어처 마을 속의 개처럼 딱딱하고 지겨웠을 것이다
콧구멍으로 개미 떼가 들어온다 목 안의 가래 다발과 뒤
엉켜 기관지에서 썩는다 꽃게 떼가 그물 침대로 우르르
기어올라 내 성기를 짓자르고 헤집는다 창자를 꺼내 바닷
물에 헹궈 넌다 몇 번이고 비틀어 짜도 피가 멈추지 않아
소화되던 해파리 떼가 되살아난다 우글거리는 수많은 빨
판들이 서로의 돌기를 뻗어 피를 빤다 배를 여미고 나는
시체처럼 눕는다 흰 고래를 담아낼 어항을 준비했고, 해
가 진다 유리 공장 지붕에 어항이 널려 있다 둥근 관이
굳어지면 나는 어항을 타고 바다로 바다로 들어갈 것이다
기습하는 산호빛 소나기, 흰 고래가 뛰어올라 그물 침대
를 찢고 내 배로 들어온다 부레가 퍽퍽 터진다 터져도 자
꾸 돋는다 나는 누워서 터지는 부레 소리에 고개를 까닥
이며 그물 침대를 풀었다가 다시 짜곤 했다

불타는 사다리

유흥가 공사판, 버려진 사다리가 불에 탄다 아무리 긴
다리로도 오를 수 없는 무한의 간격을 지닌 사다리, 평행
한 두 나무 기둥 위에 시작도 끝도 알 수 없는, 사다리가
훨훨 타고 있다 언젠가 나도 다리를 가지리라 아니, 평생
평행의 나무 기둥에 못을 박으며 촘촘하고 헐렁한 다리를
놓으리라 일자의, 오각형의, 마름모의, 대각선의, 유형
의, 무형의 다리들을! 그러면 당신들은 준공식에 초대되
어 마음에 드는 다리를 골라 성큼 건너가면 되는 것이다
그러다 오차원, 십차원, 백차원의 세계를 만나면 그 역시
마음에 드는 곳에 자리를 깔고 앉아 부채질을 할 것! 하
지만 돌아오는 법은 당신만이 아실 테지요 아무도 돌아오
지 말아요 당신들의 옛 혹성은 너무 좁아요 살기 싫으면
죽으세요 되도록 빨리 죽으세요 당신은 다시 평행의 사다
리에 놓이게 될 거예요 가랑이를 좀 더 찢으세요 아프지
않아요 그게 불꽃의 비밀이에요 한 우주가 위태롭게 소멸
해 간다 정신을 차리고 거리로 달려나가 가로수를 찢는다
생가지를 던지며 쉭쉭 쉰소리를 내는 마지막 불꽃을 토닥
여도 알 길이 없다

혼혈 개

그는 잡종 푸들
나는 개를 따라다니며
도시의 애널을 쫓는 뒷골목 아이

지하철 역을 서성이는 나의 개여!
오늘 밤 나를 데려가 줘
여긴 너무 비좁고 어두워
닳아빠진 구두 뒤축이나 싸구려 보석에서
나를 벗겨내어
핏기 없는 입술을 핥아도 좋아

제발 나를 멀리 데려가 줘
한밤의 인기척 없는 고속도로로
컹컹컹
달을 삼키며
불을 토하는 내 개여!

뒤통수 조심해라

가슴에 피어싱이라도 주렁주렁 달고 막살아 보고 싶은 날, 믹서에 감기약이라도 갈아서 밀가루 반죽에 넣어 마구 휘젓고 싶은 날, 곱게 갈린 가루를 파우더 통에 넣고 볕 좋은 곳에 앉아 화장을 하자 화장하다 심심하면 마당의 개나 붕붕 타지 뭐 개를 타다가 싸이가 생각났어 내가 좋아하는 싸이는 남대문 뒷골목에서 S정과 러미라*를 사다가 구속 수감된 가수야 암스테르담엔 널린 게 약이라던데, 연신내 사는 내 친구 미나노는 할머니랑 다정하게 종이에 말아 맞담배 피웠다는데, 오늘도 9시 뉴스에선 남대문 뒷골목의 초라한 약장수와 더러운 오리털 파카를 뒤집어쓴 불안한 중독자의 손이 오버랩된다 나를 뜯어먹을 기세로 미친 듯 손을 떤다 피해망상은 닳고 닳은 누구나의 누더기 껌! 씹고 있는 당신의 껌도 이미 히스테리로 너덜너덜해져, 이런 날은 누구나 뒤통수 조심해라!

*감기약이지만 수십 알씩 먹으면 환각 증세가 오는 값싼 환각제.

벙어리 가수

주사기를 꽂고
침대에 누워
벙어리 여가수가 운다
헤져서 얼룩진 에메랄드 빛 벨벳 드레스를 입고
긴 모조 속눈썹을 파르르 떨며
움푹 꺼진 눈꺼풀에 푸른 새도를 덮어쓴
광대뼈
번진 마스카라의 깊은 골

무거운 영혼을 이고 살아준
앙상한 몸에 경배하듯
한껏 부풀린 닭털 숄로 몸을 휘감고
혀를 뽑은 앵무새의 깃털 같은
코사주의 벌어진 꽃술
오븐에 들어가기 직전의 밀가루 반죽처럼
흐물흐물한 가슴을
자꾸만 쓸어내린다

한때 사내들을 모조리 집어삼킬 듯
붉게 이글거리던

구설수의 체릿빛 입술
달콤한 타액이
꿀처럼 흘러내리던 입에는
열기 없는 마지막 불길이 일고

늙은 사내의 덜렁거리는 고환처럼
더 이상 아무도 감동시킬 수 없는
카바레 퇴물 여가수의
고독한 성대
시원찮은 벌이로 연명하던
싸구려 목구멍으로
목소리 없는 한 생애가
복화술처럼
스스
생의 마지막 소리를 내며
쏟아져 나오는 것이다

염소와 달

이제 그만 나를 방목하세요
나는 미루나무 둥치에 허리를 대고
그만 스르르 주저앉을 거예요
잔가지가 등에 박히고
풀독이 올라
붉은 반점이 불거져도
무섭지 않아요

당신과 푸른 물이 들도록 앉아 있던
저 강둑의 미루나무,
미루나무 잔가지가 내 몸을 쓸고
밤벌레가 자꾸 내 눈을 툭툭 치고 달아나요
아프지 않아요
아침저녁으로 염소가 건너온 저 다리 아랜
천 년 전에 죽은
검은 염소의 이야기가 있고
우리는 그 죽은 염소 이야기를 타고
천 년 전에 이 밤을 함께 걸었죠

나는 이제

저 달빛 속의
거북이를 타고
천 년 후의 생으로
떠날 겁니다

슬픈 열대

열대의 얼음산
태풍의 눈
연소되는 구름의 느린 운명
피서지의 살의 없는 개,
고속도 영화 속의 빨리 지나치는 푸른 야자수
창조 첫날의 첫 번째 햇빛

시체를 강간하고 돌아오던 밤
너는 화산에 걸터앉아
엉덩이를 지졌다
살점을 제 입으로 꼭꼭 씹어
내 입에 넣어주었다
땅 속 깊은 관 속에서
갓 썩어 짓무른
모르는 여인의 타액 맛

너를 안고
움푹 들어간 살점을 토닥인다
세기가 폭우처럼 빠르게 지나간다
후끈 달아 표류하는 바람 덩어리,
서식지를 잘못 찾아온 새들이

후드득 자리를 뜬다

너는 바위에 물개처럼 누워서
고래들이 몰려와 한꺼번에 죽어간
그 해변을 추억할지도 모른다
다시는 해변에 오르지 마
우리는 오랫동안
상처를 잡고
숨을 불어넣으며
검은 지느러미 속에서 울었다
고래 고기를 씹는 동안
또 몇 세기가 썰물처럼 빠져나갔다

내가 죽은 줄로만 알았다
역사는 우리의 뒤편으로 피 냄새를 풍기며
귀를 막고 빠르게 지나갔고,
사람들은 미라가 되었거나
냉동 인간이 되었거나
아무렇지도 않게 바다로 나가
고래잡이를 한다

심리 치료

사람은 누구나 자기 앞에 놓인
신비를 좇는다

밤새 얼굴 없는 바람이
방 앞까지 와서 울다가 갔다
나는 일어나서
바람이 얼굴에 무어라 부딪치고 가는 것을
가만히 보고 있었는데,

중년의 심리 치료사 닥터 한은 말했다
당신 안의 깊은 우물을 바닥째 드러내 보이세요

15. 차마 입 밖에 낼 수 없을 정도로 나쁜 생각을 할 때가 가끔 있다.

17. 확실히 내 팔자는 사납다.

23. 구역질이 나고 토해서 괴롭다.

27. 때로는 욕을 퍼붓고 싶을 때가 있다.

42. 우리 가족들은 내가 택한 직업을 좋아하지 않는다.

50. 내 영혼이 가끔 내 육신을 떠난다.

인도에서 옆구리를 스치고 달아나는 오토바이를
쓰러뜨리고 싶어요
버스에서 발을 내리기도 전에

삑삑거리며 문을 닫는 기사의 목을 따고 싶어
인파가 밀려드는 지하도에서
마네킹처럼 서 있는 전경의 방패를 걷어차고
구걸하는 거지의 동전 통을 빼앗아 달아날 거예요

닥터 한!
그런 눈빛을 원한 게 아냐
하루 오만 원짜리 환자로 나를 보지 말고
미친 년!
짜증나!
차라리 따귀를 치는 게 어때?

벌거벗은 달이
빌딩 외벽으로 뛰어내린다

사람은 누구나 자기 앞에 놓인
신비에 속기 마련이다

이런 밤엔
분홍약*을 삼키고

구름 속에서
분홍색 잠을 자고 싶어

딱딱한 침대에 누워
나는 밤새
신비의 끝을 잡고 운다

* 우울증 환자의 기분을 전환시키는 향정신성 의약품을 가리키는 은어.

사진 · 2003년 10월 2일 동대문과 종로 일대에서 비디오 아티스트
　　　김용남과 함께한 「거리로 뛰쳐나간 시」 퍼포먼스의 한 장면.

껌요리

자, 그럼 껌요리를 시작해 볼까?

재료 : 어린아이 머리칼에 엉겨 붙은 껌, 지하도 바닥에 눌어붙었다가 도루코 칼에 인양된 껌, 걸인의 썩은 이빨에 눌러앉아 단물 빠진 껌 (그´외에 잡다한 껌딱지들과 풍선껌!)

껌을 씹는다 분홍색 단물이 스며 이가 쑤시고 잇몸이 부어도 멈추지 않는다 단물이 빠지고 접착력이 강해지면 검지에 돌돌 말아 되도록 길게 길게 늘여본다 뗐다가 붙인다 사람과 개를, 똥과 밥을, 나물 망태기와 뱀을, 나르시시즘과 모멸감을, 사시(邪視)와 벌어진 앞니를, 독재자의 군화와 적진에서 죽은 어린 병사의 눈동자를, 너의 크고 작은 뼈들과 나의 예민한 영혼을 마구마구 붙였다 떼어본다 세상 모든 바닥을 걸레처럼 쓸고 다닌 늙은 도둑고양이의 앞발과 폐타이어의 잔등에도 어느 한순간 엉겨 붙어 떨어지지 않는 곤란한 치욕 있으라!

나의 밤은 당신의 낮보다 아름답다

우리는 너무 젊고
그대 팔은
어디로나 뻗어
내 잠결마다 들쑤신다

밤은 한번도 본 적 없는 우리의 아가
이렇게 둥글고 따스한 어둠이 있나
그대가 팔을 감아오면
꼿꼿하고 느슨한 잠이
쉴 새 없이 고단했던 눈동자에
가만히 입맞추고
우리의 방은
어둡고 따스한 밤 구름 냄새 가득하다

바람이 분다

울지 마

나는 밤새 청개구리의 분비물을 개어
눈을 붙였다

도마 위의 사랑

그가 부르면 달려가서 도마 위에 눕는 나는 생체 요리,
그는 나의 요리사 내 눈물에 레몬 가루를 뿌려 셔벗을 만
드는가 하면 달달 볶다가 내 뛰는 심장을 바짝 태우기도
하고, 팔팔 끓여 국물을 우려내는가 하면 한동안 독에 처
박아 놓고는 묵은 김치처럼 꼼짝 말고 있으란다. 그래?
그래주지 나는 독 안에 웅크리고 앉아 네 마음의 경로를
좇아본다 너의 히스테리에 휘말린 내가 가여우나 너를 훔
쳐보고 끝없이 닥달하는 게 내 유희가 아니던가! 네 장난
이 가소로우나 네가 친 그물 속에서 가끔은 집을 짓고 살
고 싶은 내 마음을 진짜 혹은 가짜라 할 수 있을까 너의
요리는 늘 재미나다 내 몸을 한 커씩 회 떠 조악한 장식
을 곁들인 생체 요리. 너는 오랜 칼질을 마치고 일어나
걸어보라 한다. 얼마나 지겨웠던지 나는 겨우 뼈를 맞추고
도마에 누워, 칼질하는 횟수를 세다가 잠들었는지 몰라

여름 구름

나의 고향은 여름 구름
내 사랑도 여름 구름
내 무덤도 여름 구름

물을 가득 머금은
음울한 웃는 구름
여름 하늘에서
언젠가 흘러가야 할
배반의 구름
이적해야 할 이교도의 구름
태풍의 눈에서
태양의 심장으로 타들어 간
이력도 내력도 없는
전설의 구름!

과부와 고양이

먼 산에서 뻐꾸기라도 우는 날엔
죽은 남편의 무덤가에 소주를 붓고 돌아와
설탕 술을 마신다

그녀는 설탕 중독자
당뇨 환자 알코올 중독자
술에 설탕을 타 마시는 입술이 붉은 여인
설탕 술이 무덤인 줄도 모르고
마루에 걸터앉아
덩굴손을 뻗으며 기를 쓰고 뻗어나가는 호박이나
담장 밖으로 넘쳐나는 탐스런 덩굴장미를 무심히 바라
보는 것이다
아무렇게나 벗어던진 속옷엔 개미가 들끓는다

뜰에 묶인 줄무늬 고양이 한 마리
끈을 끌고 마루까지 올라가 개미를 핥는다

술에 취하면 그녀는
뜰에 앉아 목놓아 울다가
달빛 아래서

자식들에게 주고 남은 세 번째 젖꼭지로
고양이에게 젖을 물린다

젖무덤

죽은 승냥이의 눈빛을 닮은 창백한 대지의 이마, 그 푸
른 눈동자 속에서 가르랑거리는 광택 없는 뿌연 달 그날
쇠줄에 칭칭 감긴 채 오래전 죽은 나무에서 독버섯이 피
어났고 달이 차고 기울기를 수십 번, 밤의 숲에서 새벽길
을 더듬어 그가 왔다 엽총을 내려놓고, 가죽 잠바 속에서
검고 곰실곰실한 멧돼지 새끼들을 우르르 쏟아놓았다 부
드러운 발바닥, 실룩거리는 긴 코를 들이밀며 머루 같은
눈으로 내 품에 달려드는 야생의 돼지 떼, 내 헐거운 순
면 티셔츠를 뜯어먹고 실크 브래지어까지 찢은 뒤 뭉클한
눈빛으로 우걱우걱 삼킬 듯 젖을 빨고 또 빨아댔다 나는
침대에 누워 가슴 가득 돼지들을 품고 자장가를 불렀다
돼지들은 쑥쑥 자라 걸을 수조차 없이 살이 쪘고, 나는
죽은 나무처럼 야위어갔다

터널 안, 후끈 달아 표류하는 바람 덩어리, 짝짝 껌을
씹으며 그는 거칠게 트럭을 몬다 히죽히죽 금이빨을 드러
내며 철창에 갇힌 돼지들을 이따금 뒤돌아본다 퉁퉁 불어
터진 내 가슴에 무성의하게 손을 뻗었다가 다시 운전대로
옮기기를 여러 번, 단내도 비린내도 없는 더운 열기, 새
벽 터널을 지나 다리를 건널 때 나는 아슬아슬한 난간을

본다 헤아린다 그의 가죽 잠바 속에서 쏟아지던 머루 같
은 눈망울들, 7월 하늘 냉기 없는 미풍에 걸려 있는 새벽
달, 와락 쏟아지는, 빳빳이 성난 젖무덤

여름닭

싸움닭이 그늘에 누워 운다 볏을 뜯긴 채 꼬리 잘린 개처럼, 흐느낀다 철 이른 샐비어에서 뿜어져 나오는 붉은 독기 팔딱이던 볏은 닭의 숨결을 조금 더 부여잡고 있을 뿐, 동공이 풀리고 오므렸던 발가락이 허공에서 애처롭게 파닥거린다

물오른 나뭇잎 그늘, 부리에 어른거리는 태양의 열렬한 구애! 눈은 마지막 광채를 번뜩이고 젖은 이파리처럼 파르르 떨려온다 한번도 날아본 적 없던 날개가 이글거리고 창자가 타들어 간다

상처는 깊고 어둡다 뜨거운 피가 흙을 적시고 마구 돋아난 잡풀의 전생까지 적신다 사내는 칼을 갈다 말고 라디오 볼륨을 높인다 강도 높은 태풍이 북상 중이라고…… 목이 잘리고 바람이 분다 피가 튄다…… 날아오를 듯 푸드득 마당을 가로지른다…… 닭이 운다 닭털이 뽑힌다 사나운 여름 한낮!

저의 눈깔을 독수리 눈깔로 바꿔주세요
제 눈깔을 고양이 눈깔로 바꿔주세요

눈이 자꾸 튀어나와요.
약을 먹어도 자꾸 튀어나와요.

속눈썹이 눈알을 찔러요.
해로운 날들의 풍경처럼요.

저의 눈깔을 독수리 눈깔로 바꿔주세요.
제 눈깔을 고양이 눈깔로 바꿔주세요.

에메랄드 빛 고양이의 눈으로
고양이와 날마다 파티를 하겠어요.

오렌지 마멀레이드 빛 독수리의 눈으로
독수리와 빙글빙글 춤을 추겠어요.

저의 눈깔을 독수리 눈깔로 바꿔주세요.
제 눈깔을 고양이 눈깔로 바꿔주세요.

원데이 아큐브 콘택트렌즈처럼
매일 아침 갈아 끼울 수 있게요.

날것에게 몸을 내어주다

이런 날은 몸에서 실지렁이가 부화할 것만 같아 수태하
지 못한 우주를 씻어내는 월경의 피가 스멀스멀 배를 돌
다 자궁을 할퀴고 쏟아져 나올 것만 같아 신들의 강은 범
람한 지 오래, 더 이상 생명을 길러낼 대지는 없지 강철
과 시멘트로 철갑을 두르고 흙의 정조대라도 된 양 의기
양양하게 아스팔트 검은 융단 위로 미끄러지는 쇳덩이들

쇳덩이 몸을 굴려, 사막을 삼키고 초원을 씹어, 달리는
암말의 허벅지를 베어 문다, 하여 너는 벌거벗은 이성!
악어의 피와 야생의 책으로 기름 낀 내장을 씻어내고 뇌
수에 박힌 파편들을 뽑아냈지 외눈박이와 절름발이들의
대리모, 내 몸을 가져도 좋아! 인공 부화기처럼 컴컴한
자궁을 열어두고 언제나 같은 온도를 유지하지

나는 부활한 메두사! 머리카락을 뚫고 나온 실지렁이가
이글거려, 먹어치운 참치 캔만큼의 방부제와 나를 키운
약에 절은 쌀알만큼의 독을 뿜어대며 거머리처럼 피를 빨
지 폐는 금세 빈 비닐봉지처럼 쪼그라들고, 지구 다섯 바
퀴 길이의 창자도 빨리 감기는 테이프처럼 휘리릭 사라
졌어

순식간에 내 몸은 식인 물고기가 지나간 아마존의 침몰선, 횡횡 구슬픈 바람 소리가 뼈다귀를 핥아, 갈 데 없는 내 해골을 걷어차고는 회오리바람을 일으키며 몸을 말아 사라졌어 바로 그때, 당신의 입속으로 흘러들어 가는 검고 비린 몸

쓰레기와 야생의 책

세상의 텍스트는 잡념
벙어리 가수와 수다를 떨었지
머리를 너무 세게 흔들었던 거야
엉터리 뮤지션의 곡명은
개구리 발가락에 토슈즈
허리춤을 추며 발을 굴렀지
충치를 둘러싼 볼탱이의 얼음 알갱이들
먼지투성이의 책과
벌렁 드러누운
풍뎅이 배를 간지럽혀도
쳇, 이 도시는 너무 시끄럽군
당신은 쓰레기와 야생의 책 중에 무얼 읽을 건지?
소음을 씹던 내 이빨의 균열로
네 귀를 씹다가
내 귀를 틀어막는다

쳇, 이 도시는 너무 시끄럽군
나이로 밀어붙이는 염치 좋은 노인네
징글맞게 개기름이 흐르는 아저씨
스커트가 스타킹 속으로 말려들어 가든 말든

제발 좀 친한 척 하지 마시길

아무리 지껄여도
당신은 당신
나는 나!

거위

이상하기도 하지
이런 봄날 나는
썩은 나무 푸른 열매가 먹고 싶다
사나운 거위를 타고 떨어지는 꽃잎과
부서지는 햇빛 사이를 돌아다녔다
바람이 이마의 잔털을 쓸어주고
나는 거위의 목을 꼭 끌어안았다
내 사나운 거위여 너무 짧은 봄날,
네 등은 따스하고
나는 조금 기분이 좋아
거위는 거칠게 날개를 파닥이며
성난 말처럼 몸부림쳐 나를 떨구곤
좁기만 한 썩은 구멍 속으로 사라졌다
나는 나동그라지고 거위는 다시 볼 수 없었다
아버지는 시장에서 공작을 사다주며 달랬지만
나는 동물원에 내다 팔고 다시는 새를 집에 두지 않았다
그때부터 봄이 되면
썩은 나무 속으로 들어가 다시는 볼 수 없게 되어버린
내 거위의 내력이 궁금하기도 하다

아가야 볼이 작은 아가야 너는 다시 나를 볼 수 없을
거야 너에겐 이 구멍이 너무 비좁고 나는 날고 싶어 내가
좀 더 살이 찌면 네 아버지는 곧 나를 잡아먹을 거야 다
시는 나를 찾지마

　내 사나운 거위
　이상하기도 하지
　이런 봄날 이따금 나는
　사나운 거위를 타고
　썩은 구멍 앞에서 고꾸라진 그 기억 속으로
　분주히 걸어가는 것이다
　나를 추억의 둥근 기억 속으로 밀어 넣는
　썩은 나무 푸른 열매
　추억을 이야기하기엔 너무 짧은 봄날,
　지금은 없는 그 거위!

3센티미터의 우울

이런 날 보노*의 목소리는
너를 떠올리기에 충분해
파티에서의 고독
촛농이 흘러내려 쌓인
지저분한 케이크 사이에서
너를 처음 만났지
그 목소리를 들으면 네가 생각나
목에 그어진 3센티미터의 흉터
기도가 찢기고
하얀 약은 아마 네 속의 나쁜 생각들을
모두 죽이려 했을 거야

비가 와
바람이 젖은 나무들을 뒤흔드는 밤,
묘지가 있는 길을 따로 또 같이
빠르게 걸어가던 그날
날카로운 바람이 너를 데려간 후에야
나는 뒤를 돌아볼 수 있었어

그것은

수면제를 모으다
강가에 쭈그리고 앉아 물에 풀어버린 기억,
엉망으로 빠르게 지나가는 창밖 풍경을 보다가
우연히 들리는 음악,
미세한 바람에 잘게 흔들리던 나뭇가지가
갑자기 뒤틀려 목을 찌르는 날카로운 운명 같은 것,

너는 언제나 내 뒤에서 부는
메스를 든 바람
나는 뒤돌아볼 수 없어

* 록밴드 U2의 보컬리스트.

분홍 벽

피투성이 분홍 벽
금 간 벽 안에서 무너져가는
나에 대해 생각해 본다
지금은 새벽
난 당신 몰래 깨어 있고
금 간 벽이 눈을 뜬다
당신은 매번 숨을 죽이고
나는 혼자 벽을 보고 부끄럼도 없이 빈말만 해댄다
어쩔 텐가
내 몸은 멍든 골조로 앙상하게 남아
한번도 영혼의 시멘트를 가져본 적이 없다
당신의 뼈와 부딪치는 동안
난 멍들어 금이 가
반복 운동이란 얼마나 탈(脫)육체적인가
내달리는 몸이 이탈되는 순간에도
맨홀 같은 나의 내부를
제대로 본 사람은 아무도 없다
당신과 나 사이
멍들어 금 간 벽
어쩔 텐가

독사를 생식하는 법

독이 잔뜩 오른 살모사를
바닥에 두어 번 내리치고
가죽을 홀랑 벗기세요

그 가죽은 버리고 알몸만
최대한 침을 발라
지퍼를 끝까지 내리세요

자,
꼬리부터 아작아작 씹어서
산 채로 삼키는 겁니다

통째로 삼킬 경우
구역질이 날 수 있으니
머리까지 최대한
잘근잘근 씹어 먹을 것!

아이스크림

이런 날은
볕 좋은 옥상에서
존 레논을 듣고 싶어
피부가 몸을 벗어나 저 혼자 펄렁펄렁
춤추며 떠도는 걸 보고 싶어

나는 아이스크림을 핥는 달팽이 달팽이가 지나가는 퉁
퉁 부은 성기 성기를 먹어치운 커다란 전봇대 전봇대를
갈아엎은 주황색 포크레인 포크레인을 밀어버린 탱크 탱
크에 넘친 물 물탱크가 있는 옥상

내 생일이 있는 3월
바그다드에서는 곧 전쟁이 있을 거란다
무기력한 나는 옥상에서 아이스크림을 핥으며
비행기를 본다
이런 날은
고도 삼천 피트의 하늘에서
나를 보는 심정이다

앨리스의 숲

텍사스 외딴 시골집에서 잠을 자던 도로시를 데려간 회
오리가 바로 나야 잠자던 앨리스 옆에 서 있던 토끼고 빵
조각이 흩어진 숲 속에 과자와 크림으로 장식한 비스킷
서까래 위에서 잠자던 고양이 깨어 보니 과자 집을 갉아
먹고 있군 그 산132번지 바로 그 숲이라구

나는 아직도 숲 속에 살지
당신들의 오래고 오랜 불모지
그 음지의 숲에

개구리알 푸딩

여름에 먹는 살짝 언 청포도 푸딩은
껍질을 벗긴 개구리알을 떠올리기에 충분하다.
어느 해 여름이었던가.
수풀에서 개구리를 화형시키던 그 아이.
그때 개구리밥이 떠내려왔던가.
장마철이었나.
비가 내린 직후였던가.
분노를 잔뜩 머금은
탱탱한 투명 젤리 속의 검은 눈.

아직도 물컹한 어떤 것이 내 안에 도사리고 있나.
선풍기는 털털 저 혼자 돌아가는데.
나는 굳이 씹을 것도 없는 청포도 푸딩을
선풍기 박자에 맞추어
딱딱 소리내며 씹어 삼키는 것이다.
내 고향 칠월엔 아직도 개구리가 익어가고 있을까?
먹고 싶다.
개구리알 푸딩.

개

그날 밤도 그랬다
달빛이 환한 새벽 목련나무 아래서
한 가계가 그을음 속으로 사라지고
오래된 문장처럼 주춧돌만 남게 될 뻔한
그렇게 성냥만 그으면 모든 게 사라질 것 같았던

수년 전 폭염의 더위에 개를 잡아먹던 아버지
새까맣게 그을린 개와 핏물이 흐르던 시냇가
석유를 부은
그의 뒷마당에는
그가 아끼는 개들이 컹컹 짖어대고
방 안에서 기르던 새들이 새장에 퍽퍽 머리통을 찧어
대고
그의 아내가 맨발로 뛰쳐나오고
부모가 울며 옷깃에 매달리고

이제는 늙은 그의 아내
돈 있으면 뭐하나
여든이 되면 방에 누운 사람이나
산에 누운 사람이나 같다더라

늙은 아내는 양털 이불을 덮고 누워
포도나무 등걸 같은 손으로
자꾸만 가슴을 쓸어내렸다
너무나 통속적인
폭력의 세월이여!

문조

가시 울타리 높은 마당 목련나무엔 새장이 있고 문조가
한 마리 있다 족제비가 사납게 울부짖던 날부터 그 새는
혼자다

새가 운다 기차가 지나간다 사내가 닭 모가지를 비틀다
말고 물끄러미 새장을 올려다본다 그는 생명의 재생기,
대지의 포주, 죽은 짐승과 새들의 주술사! 사내는 장미나
무 아래서 닭털을 뽑는다 핏물을 삼킨 장미는 더욱 붉다

암 덩이가 자라 목 밖으로 불거진 노인, 그는 오늘 먼
길을 걸어 수의를 맞추고 돌아와 그늘 아래서 땀을 식힌
다 옹기 관 속 미라처럼 등이 굽은 그의 아내, 임부처럼
복대를 하고 앉아 널어놓은 박쥐를 자꾸만 뒤척인다 낡은
재봉틀 같은 그림자, 호랑나비 한 마리 노파의 등에 내려
앉는다 적삼 위로 짙게 어른거린다

빨래를 널다 말고 사내의 아내는 구름을 본다 눈먼 양
떼처럼 몸을 불리는 여름 구름, 이내 몸을 풀어헤치고 어
디론가 유유히 흩어진다 구름이 낮다 목을 담그고 어디론
가 하염없이 숨어들기 좋을 만큼!

그리고 다시 남겨진 하얀 문조 한 마리, 족제비가 사납
게 울부짖던 날부터 그 새는 혼자다 혼자 남겨진 새! 다
듣고 있다 모든 걸 안다는 듯 다 보고 있다 오랜 피의 내
력처럼 불온하고 은밀하게!

체셔 고양이도 눈물을 흘릴까?

들창이 있는 방 안에서
다이내믹한 여름 구름이 보고 싶어.
내 주치의는 이상한 나라의 앨리스에 나오는
체셔 고양이처럼 생겼어.
입만 웃지.
얼굴은 무표정하고 입이 귀에 걸린 듯한 웃음이야.
누굴 놀리나?
사람을 대할 때마다 각각 다른 웃음의 포즈를 가졌나봐.
백 명의 환자에게 백 가지의 웃음이라니.
괴상하지. 가상한가?
몰핀이라도 있으면 한 대 놓아줘.
하지만 귀찮기만 하군.
넌 무얼 하는지?
오늘이 나의 생일이라면 좋겠어.
기차가 지나가는 다리 밑에서
타버린 너의 성대에
백 년이 지나도 지워지지 않을
키스 자국을 남기고 싶어.
이런 말을 지껄여대는 내 눈빛을
지금 한번 떠올려봐.

오늘이 내 생일이면 좋겠어.

내 생일이야 내 생일…… 중얼거리다가

rape me! rape me……!*

나를 강간해 줘 친구야!

rape me! rape me!

씨팔 나를 부셔줘!

난 존엄한 존재가 아니야**

그게 help me하는 거야

---

* 너바나의 노래 제목으로 '강간해 줘' 혹은 '파괴해 줘'라는 뜻이다.
** 「Rape Me」 가사의 일부.

고장난 방

　창도 가구도 없는 방 안에서 안테나를 뽑고 텔레비전을
켤 것이다 냉각기를 뜯어내고 냉장고 속에서 무어라 수다
를 떨어댈 것이다 곧 무너지리라 한 무더기의 바퀴벌레,
서로의 속살을 깨물고 등을 보이며 퉤퉤 침을 뱉는다 수
많은 당신과 나를 증식시키는 거울의 번식력, 복제되는
당신도 박자를 맞춰야지 2분의 2박자 빠른 비트에 몸을
맡기고 8분의 6박자 느려지는 순간 등에서 실을 뽑아 당
신을 감을 거야 얼마나 많은 등에 태엽을 감았는지 당신
은 바싹 마른 표고버섯 나는 물오른 나비 우리가 가는 곳
은 모두 바싹 마른 물오른 방

자동기술

　당신은⋯⋯ 바싹 마른⋯⋯ 화분⋯⋯ 나는⋯⋯ 그 화분에
서 기어 나와⋯⋯ 어디든 기어오르고 싶은 덩굴⋯⋯ 그 덩
굴을 타고 방 안의 정적을 흔들어 깨우고 싶은 어둠⋯⋯
어둠의 등을 쓸어내리는 거울의 눈⋯⋯ 거울의 눈을 녹이
는 가녀린 촛불⋯⋯ 촛불을 삼키는 바람⋯⋯ 바람을 타고
어디로든 날고 싶어 머리를 찧는 새⋯⋯ 새장 속의⋯⋯
피 흘리는 새

붉은 안개와 말

샐비어 밭에서
볼이 붉은 아기를 낳고 싶어
마량 가는 23번 국도
말을 타고 가다가
바다가 보이는 언덕
말 위에서
너 닮은 아기를 낳다가
죽어도 좋겠어

나를 낳던 그 새벽의
엄마를 생각해
탯줄을 이빨로 자르며 실신한 엄마는
꿈에서 뱀 밭을 뒹굴었대
주인 없는 원시의 이 바닷가에서
태양이 없던 시절의 산처럼
섬들은 붉은 안개를 피워 올리고 있어

길이 끝나는 곳
지친 말과 마주 앉아
샐비어 꽃술을 마시고

해변에 나란히 누워
태몽 속의 뱀과 엄마와
둥근 연기를
안개처럼 말아 올리고 싶은

여름에도 눈을 뿌려줘*

구름의 성에 갇힌 미완의 인조인간 반인반철인 그이가
정원수에 손장난하던 가위손으로 머리가 가려워 벅벅 긁
다가
자기도 모르게 머리털을 모조리 날리고 대머리가 된
그날

오리털 베개에 얼굴을 묻고 얼음장 같은 얼굴을 비벼대
며 고장난 기계처럼 반복적으로 민둥! 민둥! 민둥! 머리
를 쥐어뜯으며 날카로운 손을 세우고 가엾게 울부짖던 바
로 그날!

오리털 베개로 눈을 만들어줘…… 그날처럼 나를 안아
줄 수 없다면 오오 에드워드! 제발 여름에도 눈을 뿌려줘
내 마음은 화상을 입었고 지붕은 너무 뜨거워, 머릿속까
지 다 녹아내릴 지경이야
오오! 에드워드!

* 영화 「가위손」을 패러디했다.

흡혈과도 같은 키스

당신과 나는 닭볏 목걸이를 하고
열대의 바다를 보며
하루 종일 키스를 나누다 잠이 듭니다
나는 혀에 백 개의 피어싱을 하고
당신은 백 개의 구멍이 뚫린
내 혀끝에서
좀비가 되어 웁니다

젖기계를 상상하다

나는 모두의 엄마
세상의 수유원
젖기계가 될 거야
바닐라 초코 딸기맛의
젖이 나온다네

추우면 자동으로 셔벗이 되고
녹아내리면 따뜻한 코코아
내 젖을 먹고 자랄 아기들에게
수박을 먹으면 수박물이
딸기 상상만 해도 딸기 즙이 나와
말 젖이 먹고 싶으면 말을
녹용이 먹고 싶거든
숫사슴의 뿔을
버터가 먹고 싶으면 우유를 생각해
먹고 싶은 음료를 머릿속에 그리고
젖꼭지를 누르면
상상하는 대로 즙이 흘러넘치는
내 통통한 젖기계
주전자에 받아

전자레인지에 데우거나
냉장고에 넣어두고 마셔도 되는
그런 기계
어디 없나?

수족관 환상

나는 물고기 부레의
공기를 먹는 수초
소년은 낙타의
물을 훔쳐 먹은 선인장
나는 바다 깊은 곳에서
난파선의 유령과 놀고
소년은 모래 바람 속에서
구름의 정령과 놀고
내가 수초 속에서
꿈꿀 때
소년은
사막을 빠져나와
머리를 헝클어뜨린 채 잠든
나를 바라보네

뭉게구름

나의 아이디는 뭉게구름

나의 패스워드도 뭉게구름

오늘 난 여름 하늘로

내 뭉게구름에게 e-mail을 보낸다

여름 저녁

소나무 숲의 소란도
자작나무 숲의 새들도
젖은 구름 속에
붉게 물들었다가
이내 어둠 속으로 흩어지고
가만,
멀리서 누가 울고 있나?

첫사랑이
불쑥 문을 두드리는
오래된 집
오래 전에 당신이 앉았던
낡은 의자가 삐걱이고
달구어진 아스팔트 위로
서늘한 바람이 분다
나는 뜨거운 열기에
창문을 열고 머리를 풀어헤친다
샐비어 저 혼자 손목을 그어
붉은 피를 떨구고
이파리 잘게 몸을 떤다

난 내 폐 반쪽이 날아갈 때까지 소리 지를 거야

터질 듯한 혈관을 가르며
사막이 내게 온다
몸을 내던지며 모래를 지치는
방울뱀의 고독한 항해
뜨거운 모래 위 차가운 살결이 내 피를 닮았다

모래 언덕에서 너를 낳았지 달의 묘지에서 버려진 검은
모래에 너를 씻기고 방울뱀의 오줌을 받아 먹였어 자꾸만
끌어내도 탯줄은 끝없이 쏟아져 나왔지 쏟아내도 쏟아내
도 네 혀는 영원히 목마를 것이다! 아가야 꼿꼿하게 고개
를 들고 독을 품어라!

광화문 네거리 시린 바람 속으로
나는 기어간다
독니가 자라나
아래턱을 뚫고
마침내 심장을 가른다
비대해진 몸뚱이는 살갗을 찢고 나와
나는 다시 처음의 핏덩이다

그래,

그래도 난 내 폐 반쪽이 날아갈 때까지 소리 지를 거
야!*

* 에미넴의 「Run Rabbit Run」의 한 소절이다.

데킬라

데킬라 생각나게 하는 비다
멕시코 남자 싸한 콧김이
플라타너스 잎새에 닿았다가
내 빨간 어깨로 뿜어지는 저녁

술잔을 탁자에 탁 내리치고
반달로 자른 레몬에
설탕, 커피를 꾹꾹 눌러
한입에 빨아들인다
침이 확 고이고
코끝이 시큰거려
신맛
단맛
쓴맛이
왈칵
죽은 애인의 주소처럼 밀려온다

인생은 참 화냥년 같아*
그치?

* 니코스 카잔차키스의 『그리스인 조르바』에서 조르바가 한 말이다.

봄밤의 즉흥 연주

자정 넘은 봄밤
삼청 공원 아카시아 날리던 그날
다리 난간에 드리워진
내 허벅지를 즉흥 연주하던 당신의 손
손가락 사이로 분분히 떨어지던 꽃잎
아카시아 향기는
젖은 몸을 바람에 펴 말리고
시린 달빛에 뒤척이던
내 허벅지가
오래도록 잘게 떨리던 밤

문신

사람들은 죽겠다고 시를 쓰지
시에 대한 시가 얼마나 촌스러운지도 모르고
시를 천 편쯤 써서 여기저기 뿌려야
루이비통 가방 하나쯤 살 수 있을까?
시를 써서 부자가 될 수 없어
그것은 교복 입은 전인권과
자갈 언덕 위에서 섹스하는 것만큼이나 어려운 일이지
지우고 싶어도 지워지지 않는
다친 신경 세포 속 문신
토할 것 같아
죽을 것만 같아
나는 지금 문신을 새기고 있어
전기의자에 앉아 온몸에 침을 꽂고 고문당하는 기분이야
나부랭이들은 이걸 두고
'몸시'라고 하겠지
그래 나는 몸으로 시를 쓴다
그것도 '벌거벗고'
춤이라도 추고 싶군
파우스트가 빨래를 널고
백설 공주는 거울을 보며 면도를 해대고 있어

마돈나가 앉아서 아인슈타인의 검은 머리털을
젓가락으로 참을성 있게 뽑아주고
에미넴이 '나인 인치 네일스'로 뻑큐를 하다가
자기 코를 찔러 코피를 질질 흘리는 동안
당신은 뭘 했는데?
남 얘기가 아니지
이런 토할 것 같은 세상에서 도망쳐!
무거운 뇌의 하수인이 되지 말고
내치지 못한 지긋지긋한 그에게서 도망치자고!
그것만이 살길이야

새의 몰락

목련이 퍽퍽 터지던 날

죽은 어미의 눈동자를 쪼던

어린 새의 보송보송한 깃털 위로

꽃이 쏟아진다

중력의 관능!

나이브 비전

도시사막에서의 야생? 뭘 바라겠어!

나는 미래의 비료, 미래의 쓰레기 당신도 예외는 아니겠지! 내 몸에서 이글이글 피를 뿜어내는 심장과 머리통에서 빠져나가는 머리카락이 서로 다른 곳에서 운다 머리카락은 쓰레기통 요람에서 울다가 지쳐 쓰레기차에 실려가고 내 심장은 평생 터진 아가미처럼 벌렁이다 반복 운동에 서서히 지쳐갈 것이다 뭘 더 바라겠어?!

개미요리說

"근대 과학은 우리에게 병과 병균 사이의 인과 관계를 알 수 있게 하지만 샤먼의 치료는 환자가 진심으로 믿고 있는 신화와 괴물의 세계와 병을 결부시키는 능력에 의지하고 있다."

——클로드 레비스트로스, 『야생의 사고』

내가 일전에 개미 요리에 크게 덴 바가 있어 이 썰을 푼다!

우유에 시리얼을 타서 먹다 보니 불개미가 둥둥 떠 있는 게 아니겠어?
그걸 먹고 하루 종일 배가 아팠어
개미를 먹었다는 생각 때문에 그런 거라고 생각했어!
아냐!
그딴 생각에 놀아나지 마!

야만의 자식들

애니미즘은 애완동물을 숭배하고
샤먼은 원시의 주술성을 잃어버린 지 오래
자연 다큐멘터리는 관음증의 극치
야생 동물을 더욱 위험으로 몰아갈 뿐이지
뭐가 야만이고 뭐가 문명인데?
뭐가 미개고 뭐가 안 미개지?
벌목꾼과 사냥꾼은 친척이 될 수 없어
정육점과 미아리는?
아니
친척이 아니었나?

그림 · 문성식의 「밤의 고양이」
　　　이 드로잉을 보다가 '이 도시에 과연 야생고양이가 있나?'
　　　하는 생각이 들었다.

엉망진창 물고기인간의 모노드라마

나는 인어다. 언어가 아니라 인어. 지하도에서 잘린 다리를 검은 고무로 감싼 아저씨처럼 비애롭게 몸을 끌고 천천히 등장한다. 비참하게 구르면서 들어오거나 힘겹게 끄는 듯한 허리 웨이브로 몸을 걸레처럼 질질 끌고 오면 어쩔건데?

다리는 번쩍이는 푸른 비늘에 싸여 있고 배, 허리, 등에는 죽은 복제 돼지 태아들이 낚싯줄에 주렁주렁 매달려 있다. 곧 사산될 예정인데 실수로 먼저 튀어나온 스테인리스 아기들은 다리나 팔이 잘려 나갔거나 고무 찰흙 덩어리인 채 고무 피를 질질 흘리고 있다.

내 긴 머리카락은 철제 침대 스프링에 가닥가닥 묶여 있다. 고철 스프링이 내 머리통에서 솟아난 머리카락처럼 구불구불 역동적인 엉망진창 스프링 산발. 나는 사방으로 치솟은 스프링 머리를 갈고리로 빗는다.

의자 아래에는 쓰레기들이 널려 있다. 쓰레기는 부패하고 있는 과일 껍질, 머리카락, 바비 인형, 죽은 쥐, 고철 덩어리들이다. 나는 드라마틱한 목소리로 고철 아기를 사산한 인어의 인생에 대해 이야기한다. 책을 읽듯이 극적으로 대사를 치면서 도취된 듯 운다. 마스카라와 아이라이너가 번진 눈꺼풀이 깜빡이다 갑자기 마징가 제트가 나오는 돔처럼 징~ 닫힌다. 한번 울면 눈물이 그치지 않기 때문이다. 눈꺼풀은 눈물샘을 막아야 하지만 있으나마나, 속눈썹은 눈알을 찌르기 때문에 잘라버린 지 오래. (눈꺼풀 안에는 마징가 제트가 숨어 있다 당신이 이런 이야기가 재미없다고 공격적인 자세로 나온다면 마징가 제트가 무쇠 주먹 펀치로 당신의 눈두덩을 강타할지도 모른다. 원래 고철은 공격적인 법이니까!)

흥분한 나는 일어난다. 그러나 지느러미로 설 수 없어 넘어진다. 그때 나타난 우리 엄마. 후크 선장의 갈고리 손으로 신경질 난 우리 엄마가 내 등을 찍는다.
"시집이나 가!!"
"엄마나 가!!"

엄마가 버둥대는 나를 질질 끌고 무대 밖으로 나가버
린다.

(진짜 쪽팔리겠다.)

바그다드의 구름들

타들어 가는 연기 위로
검은 쇳가루 비가 내린다
새들은 진폐증에 걸려
헐거운 가속으로
땅에 곤두박질친다
4월의 사막과
4월의 묘지로
어지럽게 오가는 바그다드의 구름들

고래

청계 고가 아래엔 천 개의 눈을 가진 검은 고래가 산다
심해의 분화구에 처박힌 눈먼 고래의 입. 중금속에 폐가
퇴화된 가련한 포유동물의 살아 있는 기형 화석이 자정이
면 깨어나 고개를 쳐들고 요동치며 포효한다

얼었던 물의 혀,
수억 년 동안 잠겨 있던 물이
터진 댐처럼 펑펑 넘쳐흐른다
빙하 계곡의 오랜 세월을 거슬러
바람의 성전을 휘감는다
순식간에 뒷골목과
밀주를 담는 인어의 휘어진 꼬리와
꼬리를 잡고 늘어지는 포주의 낡은 전대를 훑고
자동차와 도시와 섬과 대륙을 차차 집어삼킨다

해안선을 넘어 높은 절벽 국경을 지우고 인가와 군대,
감옥과 빌딩들을 천천히 삼킨다 천 개의 눈을 켜고, 어둠
의 경계가 없어질 때까지, 어둠을 덧씌우며 몸부림치는
저 거대한 고래를 보라! 세상을 다 집어삼키고도 허기져

작은 눈을 부라리는 폭식증 환자

내가 고래였을 때, 나는 죽고 싶었는지도 모른다

탕진

가끔씩 난
똑같은 노래를 반복해서 부르곤 해.
같은 노래를 부르고 또 부르고
그러면 어떤지 알아?
하드보일드하게 지루하지 뭐.
전인권의 「행진」을 탕진으로 바꿔 부르는데
그것도 지루하면 펭귄으로 불러.
그럼 정말 썰렁해지지.
전인권은 왜 행진에서 한 발짝 더 나가지 못했을까?
그러면 탕진이 됐을 텐데.
스카이 라이프 광고에서 선글라스를 벗은 전인권은
애송이 개그맨의 폭탄 맞은 개그 같아.
펑크스타일로 뇌쇄적이야.
제대로 서글프다는 이야기지.
그 폭탄 머리를 만드는 데
노련한 코디네이터가 몇 시간을 주물러댄다지?
그의 선글라스를 벗길 수 있는 건
태양도, 비도, 섹시한 허벅지도 아니야.
스타일리스트로 사는 것도
돈 앞에선 귀찮아진 거겠지.

하지만 누가 그를 비난하겠어?

탕진을 흥얼거리며 스니커즈가 닳도록 걷다가 문득,

지금 내가 부르는 이 노래는

원유를 잔뜩 부은 베트남식 커피 같아.

하드보일드하게 기분이 좋아진다는 이야기지.

그래. 피 한 방울 남기지 않고 모두 써버리겠어.

아무것도 아끼지 않겠어.

우리 동네 미대사관 앞 전경 아저씨들도 탕진!

우리 삼촌을 닮은 과일가게 총각도 탕진!

붕어빵 파는 뚱뚱한 아줌마도 탕진!

피스!로 인사를 대신하던 시대는 갔어.

아무리 외쳐도 평화 따윈 오지 않잖아?

탕진!

혈서

혈서를 쓰지 않는 시대에도
다시 바람의 유언처럼
눈이 내린다
얼음의 불꽃
차가운 열정으로 온몸을 파닥이며
흰 피를 흘린다

혈서라도 쓰고 싶은 오늘은
눈의 장례식
내 몸에 닿자마자
自滅한다

그것이 복수다

어항 속의 날들

내 방에는 파도 사이에 방을 옮겨 놓은 것 같은, 작은 어항이 있다 어항에 배를 대면 바닷바람이 불어온다 세상 모든 물고기 냄새가 거기 있다 무수한 알을 키우는 숲을 나는 안다 달콤한 불면의 알들이 숲의 머리통에 저마다 뿌리를 내린다 알에서 나온 새끼가 다리를 전다 스스로 아가미를 틀어막는다 지루하게 굴러다니는 눈알, 우리는 원래 무덤이야 무덤도 꿈을 꾸거든 물은 더 많은 알들의 껍질을 벗긴다 어항은 둥근 무덤, 무덤에 알을 까고 무덤 속에서 장례를 치른다 고요가 목청을 따버렸다 빛이 들어 와 그들을 키웠고 알들이 눈먼 빛을 엄마라 불렀다 포만 감에 우울한 기타를 치고 노래를 가르쳤다 무덤이 손톱으로 알의 뱃속에 고랑을 팠다 알은 움찔대며 오, 아가 더 세게 발길질을 해다오 무덤이 알의 심장에 망치질을 한다 내 탓이 아니야 비옥한 불모의 밤들, 내 탓이 아니야

놀이터 소년

넌 기껏해야 하룻밤의 가출로
반항의 기운을 다 소진시켜 버리는
소심한 소년을 닮았다.
잘 길들인 애완동물처럼
고개를 푹 숙이고 불편한 발걸음으로
집에 돌아가겠지만
그 어느 때보다도
달콤한 잠을 청하게 되리라는 예감을
부끄러운 듯 받아들이는
치기 어린 소년을.

마릴린 먼로의 분홍색 피는

—앤디 워홀 씨께

긴 노을이다

환생

　로트레아몽이 『말도로르의 노래』를 쓸 때 나는 그의 애인이었어. 나는 그의 딸을 낳았고 우리는 사나운 동물의 무리를 찬양했으며 가끔 외출할 때 늑대에게 아이를 맡기기도 했지. 그 늑대가 지금 우리 아버지로 환생했어. 그때 우리는 이 세계에 모멸감을 느꼈고 사는 게 지루해서 빨리 죽어버렸지. 그는 난폭한 시인이었지. 난 그 난폭함을 사랑했어. 이런 야비한 세상에서 다시 어떻게 죽어가야 할까? 독한 술과 얼린 나비 가루로도 치료할 수 없는 병이 있어. 그것은 광기와 환멸 사이 어디쯤에서 겉도는 마음. 푸른 안개가 피어오르면 해로운 마음이 사나운 발톱을 세우고 일어나지. 오래고 오랜 피. 지금은 분열된 몸과 마음이 서로 피 터지게 싸우는 시간. 막막한 마음이 죽어가네.

질 나쁜 연애

1판 1쇄 펴냄 · 2004년 3월 25일
1판 2쇄 펴냄 · 2012년 9월 4일

지은이 · 문혜진
발행인 · 박근섭, 박상준
편집인 · 장은수
펴낸곳 · (주)민음사

출판 등록 1966. 5. 19. 제16-490호
서울시 강남구 신사동 506번지 강남출판문화센터 5층 (우)135-887
대표전화 515-2000 / 팩시밀리 515-2007
www.minumsa.com

★ 이 시집은 한국문화예술진흥원의 문예진흥기금을 받았습니다.